노란 꽃등

노란 꽃등

이봉남 시집

토담미디어

시인의 말

늦깎이로 시를 접하게 되었다
머리에 서리가 앉은 삶의 길목에서
시를 통해 생의 보람을 찾았고 즐거움을 알았다.
화초를 기르는 심정으로 한 구절 한 구절 엮어
시詩에 물주고 가꾸는 시간이 행복하다.
첫 시집 『꽃잎편지』는 별 생각 없이 펴냈지만
이번 두 번째 시집을 앞두고는 조금 망설였다
시란 즐겁기도 하고 어렵기도 하다.
남은 생, 시와 함께 살아가련다.

— 2017년 초하, 과천에서
이봉남

차례

시인의 말·005

1부

가을 잎새·011
고향·012
고향집 살구나무·014
골목 찻집·016
고향의 강·018
구름 따라 그림자 가네·019
낙엽길·020
꽃길·021
내 고향 대밭산·022
입추·024
젊음의 날·025
작은 불꽃·026
노을·027
늦가을 들녘·028
소양강 처녀·029
일사후퇴·030
대숲·032
찻잔의 향기·034
떠오르는 정·036
백목련·038
한 인생의 뒤안길·039
마음으로 읽는 시·040
민속촌·041
망년회·042
백록담·044
백마고지·046
별·048

2부

병신년은 서천으로 · 051

보길도 · 052

봄바람이 감도는 강변 · 053

봄내음 짙은 계절 · 054

부모님 산소 길 · 056

뻐꾸기 · 058

사월의 반란 · 059

사계절의 변동 · 060

산기슭에 앉아 · 062

산의 진풍경 · 064

산정호수 · 066

산책길 푸른 나무 · 067

세월 · 068

세미원 · 070

샛강 언덕길 · 072

숭례문의 눈물 · 073

심연深淵에 잠긴 통일 · 074

아침 안개 · 075

아침안개수목원 · 076

겨울나무 · 077

어머니 · 078

옛동산의 진달래 · 080

오늘의 여행 · 082

들에 핀 풀꽃 · 083

둔내면 휴양림 · 084

등산길 · 086

3부

외로이 서 있는 나무 · 089
위안부의 비극 · 090
달님 · 092
달의 그리움 · 093
남산 라일락 · 094
남쪽에 가다 · 095
정동진 · 096
국화꽃 · 098
차창 밖 풍경 · 099
후회된 삶 · 100
천리포 · 102
청송 · 104
초원으로 달리거라 · 105
최용신기념관 · 106
축령산 계곡 · 108
하늘공원에서 · 110
그늘 · 111
현대미술관 · 112
강화도 · 114
환청으로 다가 온 너 · 116
겨울의 하늘 · 118
강변에서 · 119
아름다운 과천 · 120
금강산 · 122
산수유꽃 1 · 124
산수유꽃 2 · 125
봄나들이 · 126

1부

가을 잎새

초록은 찬바람이 남김없이 씻어가
늦가을에 멍든 이파리
고요 속에 허공으로 흩어지는 그리움
떠나버린 안타까운 잎새
너는 그렇게 이별을 고하고 가려나

헛되고 부질없는 그림자처럼
빨갛게 물들어 바람에 흩어지는 빨간 잎새
가지에 맺은 정 떨쳐 버리고
가슴 아려하며
정녕 이대로 가야만 하나

갈림길에서 아파하며 바라보는 나목
무수한 꽃잎처럼 구르며 소리 없이
하늘거리며 춤추듯
낭떠러지로 그렇게
가을을 끌고 너는 정녕 가야만 하나

고향

어머니 품속에 얼굴을 묻고 자랐던 고향
아련한 어린 시절
흘러간 세월 속에 못 잊을 부모님
철부지 어릴 적 형제들
다가오는 꿈결에 젖어본다

고향 하늘 가득히 떠있는 수많은 별들
주름진 나이에 눈물이 아롱거리고
고향의 청잣빛 하늘만 그리며
뛰어넘은 시간들이 아쉬워 가슴만 저며 오네

고향이란 나를 잉태해준 곳
고향이란 꿈을 키워주던 곳
고향이란 잊으려 해도 못 잊을 꿈속처럼
아련히 떠오르는 곳

오늘도 중천에 뜬 달은 시리도록 일렁이고

애절하게 그리던 옛 시절

큰 살구나무 사이로

달빛이 스며들던 고향 집

밤하늘 별을 보며

어릴 적 생각에 눈시울을 적신다

고향집 살구나무

어릴 적 고향집

봄의 전령사 살구나무에 올라앉아

꽃은 몽글몽글 곱게 피어오르고

마을이 꽃향기로 가득 찼었지

동산 뻐꾹새 애절하게 울부짖고

살구나무엔 분홍 꽃이 하늘높이 피어올라

곱고 아름다운 꽃의 향연

수채화를 방불케 했었지

여름이면 살구가 알알이 익어

가지가 축축 늘어지고

주렁주렁 달려있는

새콤달콤 맛좋은 살구

지금도 입가에 침이 감돈다

다 따먹으면 살구나무에 줄을 매

하늘 높이 그네도 뛰었던 유년의 고향집

여름이면 지나는 길손에게

그늘을 주고 쉼터가 되기도 했었지…

골목 찻집

울적한 마음으로 길을 나섰다
어느 골목에 발길이 멈추었지
찻집 문을 밀고 햇살이 뽀얗게 비치는
구석진 창문 옆에 앉아
쏟아지는 노을이 몸을 감쌀 때까지

찻잔을 들여다보며 내 생을 읽었다
잡을 수 없는 진한 그리움
고독한 마음을 달래 본다
한 조각 구름처럼 흘러간 세월들
무서웠던 악몽으로 엮여진 지난 수많은 날들
지우려 해도 지워지지 않는 옛 생각
지난날의 회한으로 엮여진 이야기들

내 생을 끓여서 우려낸 차를 마신다
두 줄기 눈물이 주르르 흐를 때
여울진 삶 생각하며

싸늘하게 식은 찻잔을 바라보며

생각들이 이어진다

끝없이 떠오르는 지난 악몽들…

고향의 강

고향의 강아
산기슭 지나 들을 건너 흐르고 또 흐르는
고향의 강아
개울가 뛰놀며 물장구치던
철부지 어린 시절의 강아
긴 기다림으로 다시 만나 주지 않으련

예나 지금이나 강물은 여전히 흐르련만
꿈 많은 그 시절은 또다시 오지 않겠지
고향의 강산도 변했을까

실개천이 만나 개여울이 되고
큰물 이룬 고향의 강아
고향산천 떠난 지 어언 수십 년
강산이 수없이 흘렀건만
지금도 고향 강은
여전히 흐르고 있겠지…

구름 따라 그림자 가네

하늘가 저 구름
찾아온 가을에
반짝이는 햇빛 내리꽂힐 때
그림자 달음질하며 대지를 벗어나고
구름은 해를 품은 채
서산을 향해 다가간다

가버린 시간들 너무나 아쉬워
눈시울 적셔본다
오가는 흔적도 없이
물거품 같은 세월이
꿈결을 자맥질하며 흘러갔었지

황혼의 삶에 들려오는 애가哀歌
달빛처럼 숨어드는 내 삶
엊그제 청춘이었건만 아쉬운 여백
세월이 너무나 허무해 가슴이 아파온다

낙엽 길

늦가을 찬바람에

멍든 이파리

온몸 던져

낭떠러지로 흩어지는 빨간 잎새

찬 공기에 화들짝 놀라

미풍에도 수런거리는 낙엽

창공을 헤엄치듯

아쉬움에 몸부림치는 빨간 이파리

온몸 던져 자양분되려나

서러움을 토해내는 늦가을

숲의 고요 뒤흔들며

가지에 맺은 정 잘라내고

정녕 갈림길로 가슴 아려하며

바람에 무수히 날리는 낙엽

그렇게 소리 없이

천길 만길 영영 가야만 하나

꽃길

봄바람 앞세워
화사하게 펼쳐놓은 꽃길
가지마다 아롱아롱 피어난 꽃이
황홀하구나
그 무엇도 흉내 내지 못할 향연으로
온 세상 오색 꽃들로 거리를 펼쳐놓았네

창조주가 베푸는 향기로
날아든 벌 나비 부르며
보랏빛 바람과 널뛰기하네

눈부신 햇살 안고
밝은 아침 햇빛은
꽃가지에 엷은 미소 지으며
향기를 띄운다

내 고향 대밭산

고향 뒷산에 오르면
큰 바위가 열십자로 갈라져
그 속에서 봉황이 솟아올라 날아갔다는 전설
그 때문에 마을 이름이 봉양리라 하였단다
하얀 순정을 들끓게 했던 정겨운 대밭산

정상에 오르면 나를 뒤돌아보게 했고
성장시켰던 뒷동산
구름도 비켜서는 겨울이면
산 전체가 상고대로 눈꽃을 피우던
옛 추억이 떠오르는 아름다운 산

소나무와 시누대로 뒤덮인 대밭산
설경으로 어린마음을 두들기며
하얀 꿈을 지피고
산골짜기엔 그늘이 스미며
햇빛과 긴 이별을 고한다

〈

대밭산을 오르내리며 꿈을 키웠던 나

여러 동식물들이 숲에서 속삭이는 소리

정상에 촘촘히 박혀 별처럼 빛나는 바위

동화 속 그림처럼 아름다운 산

내 고향 대밭산이여

입추

입추 지나

따가운 열기도 머리 숙이고

팔월의 열기를 밀어내

조석으로 미풍이 살살 불어올 때

나뭇잎들 수런거린다

어두운 곳에서 촉수 세우고

가을을 외친다

애끓는 노래로 생을 띄운다

숲속에 울려 퍼지는 소리

맑고 고운 소리로 생을 읊는다

풀벌레 너는

자연의 이치를 받아들이지 못하는구나

계절을 원망하며 애끓는 소리로

울음인지 노래인지

이 밤의 고요를 깨며

목이 터지도록 불태우고 있구나

젊음의 날

아쉬움이 새겨진 젊은 날
어느 날 뒤돌아보니 변화된 몸
한번뿐인 인생이었건만
왜 무의미하게 살았을까
가슴을 스치는 그리움
인생이 무엇이기에 아파하고 괴로워했는지
찻잔을 들고 먼 허공을 바라본다

나를 스치고 지나간 바람
가슴이 타 시리도록 도려내는 기나 긴 세월
푸른 꿈을 헤엄치듯
뒤돌아 볼 새도 없이 달려온 나날들
언제 부터인가
세월이 온통 휘감은 나를 본다
왜 그리 살았던지 청춘은 오간데 없고
쓸쓸함만 나를 감싸버렸네

작은 불꽃

아득한 어린 시절 수많은 세월
흐릿한 추억 속에 작은 호롱불을 밝혔다
어두웠던 밤길에
어머니가 들고 나오신 호롱등불
작고 유난히도 밝았지
그 기쁨을 누가 알리요
제 분신을 태워가며 어둠을 밝히는 호롱불

그 옛날에 어두웠던 방안
작은 불빛이 어둠을 밀어 내고
사방 환하게 밝혔지
현실처럼 떠오르는 그리움
까맣게 잊었던 그 작은 불빛
오늘에야 그 불꽃의 소중함을 크게 느끼며
어린 시절의 어머니의
작지만 큰 호롱불을 켜본다

노을

노을이 빨갛게 물든 서녘

구름사이로 얼굴을 내민 해님

빨강 노랑 파랗게 물든 서산마루

또 하루가 바다로 잠기네

가슴 저미는 고독

섬뜩하게 밀려오는 쓸쓸함

가을의 은은한 향기 내 곁에 머물고

초록의 잎새 오색으로 물들어

찬 공기에 멍든 이파리

정녕 너는 가려나

꽃잎처럼 하늘거리며

새처럼 날아 낭떠러지로 흩어지는 너

꽃잎 쓸쓸히 나뒹구는 계절

내 마음도 노을 속으로 스며드네…

늦가을 들녘

늦가을

내 마음 차창에 매달아놓고

허허로운 들녘을 바라본다

허수아비 옷자락 날리며

고독을 씹으며 쓸쓸하게 서 있는 텅 빈 들녘

넓은 평야 추수를 끝낸 들판

유난히도 찬바람만 스산하구나

길가엔 코스모스 열지어서서

바람 따라 살랑대며

길가는 나그네에게 고개 숙여 인사하며

뒤로 뒤로 사라지고

가을 찬바람에 춤추는 억새꽃

드높은 하늘을 향해 한들대는 구절초

꽃향기가 그윽하게 번지고

쪽물을 뿌린 듯 파란 허공을 바라보니

마음이 더욱 쓸쓸하게 닦아오는 이 늦가을…

소양강 처녀

강가에 서면 무언가 머리에 떠오른다
허공에 뜬 낮달도 저 강물에
목욕하고 구름집 따라 속으로 들어간다
봄의 햇볕아래 일렁이는 잔물결

강둑에 서 있는 실버들 연둣빛으로
강물에 찰싹대며 춤추고
사월의 강물도 금빛물결로 일렁인다
긴 강물의 여운을 안은 채
하염없이 강을 바라보며
외로이 서 있는 소양강 처녀상이여

해질녘 붉은 노을이 강물에 입맞춤할 때
물고기 비늘마냥 수면은 일렁인다
긴—강에 풍덩 빠져드는 뜨거운 태양
드넓은 강물이 삼켜버린다

일사후퇴

책과 연필 던지고
나라를 구한다는 일념으로
학도병 지원한 그대
대포소리와 포탄소리에 고막이 찢기고
일생을 고통 속에 살아가는 그대

전쟁에 병원도 못 가고
괴뢰와 싸우다 휴전 후 제대해
젊어서는 그런대로 살았었지
중년에 병원에 여기저기 다닌 결과
고막이 파손돼 어떻게 할 수 없다고 해
상이용사를 신청해도 병원일지가 없어
받아들이지 않더군요

억울하게 장애가 돼
일생 장애를 안고 살아가는 사람
생각하면 안타까운 삶

나라를 위해 그리된 몸인데

하소연할 데 없는 몸이라오

대숲

고향집 뒤란에 대밭이 있었다
봄이면 죽순이 올라와 구름을 걸러내고
미풍만 불어도 댓잎은
쏴악쏴악 소리 높여 운다

대숲은 새들의 천국
어둠을 여는 소리에 먼동이 튼다
한겨울이면 댓잎에 수북이 흰 눈이 내려
보석처럼 방울방울 맺진 은빛 물방울들

봄이면 대숲에 앉아 꾀꼬리
고운 소리로 한 영혼을 깨웠지
나도 어디론가 푸드득 날아가고파

대나무가 푸른 초원을 이루고
태풍이 몰아쳐도 쓰러지지 않는 건
마디가 있기 때문일까?

마디마디 키워 가는 대숲

청죽비 마음으로

남은 생 곧게 살고 싶다

찻잔의 향기

푸짐한 도토리 부침, 도토리묵과
도토리 국수까지 먹고
이야기꽃이 무르익었다
즐거운 마음으로 백운호수를 향했지
차에선 클래식 음악이 흐르고
햇빛이 내리꽂힌 호수엔
금빛 물결 일렁인다

너무도 맑은 수면
우리 일행의 그림자가
물속에서 거꾸로 거닐고
길가엔 때 아닌 코스모스
긴 목을 빼고 한들한들
두 팔을 펴 우리를 반기네

헤어지기 아쉬워
발길을 돌린 길가 어느 찻집

커피 잔을 앞에 놓고 인생의
즐거움을 이야기했지

찻잔에 모락모락 피어오른 향기가
분위기를 돋우고
우리 일행은 차에 취해 이야기에 취해
시간 가는 줄 모르고 있었다

떠오르는 정

하늘이 무너진들 앞이 이리 캄캄하랴
땅이 꺼진들 이리 아프랴
너를 놓치고 땅을 치며 통곡한 세월
너의 빈자리가 이렇게 큰 줄 너는 모르겠지

혼신을 다해 모든 것 쌓아 올렸건만
한순간에 와르르 다 무너져 버리고
어미의 삶은 송두리째 무너져버렸지
오늘도 먼 서녘 하늘을 바라보며
너를 그리고 있단다

네가 그리울 때면 미친 사람처럼
배낭을 짊어지고 어디론가 떠났었지
보고픈 마음 언제쯤이면
조금이나마 잊힐까

만물이 소생하는 사월

고사리손 꼭 쥐고 으앙 하며

내게로 온 너

어찌 어미와 자식으로 맺은 정

그렇게 모질게 잘라내고 가야만 했단 말이냐

너는 나의 전부였는데…

백목련

화사한 봄날 활짝 피어난
백목련을 바라본다
가지에 날개를 반쯤 접고 있는 작은 새
가지를 흔들면 금방이라도
푸드득 날아갈 기세다

저 새가 날개를 활짝 펴면
예쁜 향기가 가슴에 스미고
몽글몽글 하얀 구름처럼 피어나
목련화가 되고
꽃이 지면 길 위에 하얀 드레스를
펼쳐놓은 것 같겠지

봄이면 연중행사처럼 피어
내 마음을 설레게 하는구나
간밤에 내린 비에 낙화하는 너
아쉬운 마음에 꽃가지를 바라본다

한 인생의 뒤안길

굽이굽이 살아 온 세월
초록빛 인생은 오간데 없고
모진 비바람에 흔들려 꺾이고
마른 삭정이되어
인생의 종착역이 보인다

희로애락을 꿈꾸며 노익장도 부렸으리
안타까운 삶 쓸쓸히 사라가는 한 노파
청춘일 때는 무엇이고 할 수 있었으련만
욕심도 내었겠지
부질없는 아픔도 견디었으리

가질 수 없는 것도 가지려고
이리 뛰고 저리 뛰었었겠지
청춘 지나고 육신은 병들고 의지할 수 없는 삶
세상의 끝자락에 외로이 서 있는
한 노파의 뒤안길이 허무해보인다

마음으로 읽는 시

맑게 갠 하늘가
마음 가득한 연민으로
푸른 꿈을 띄워본다
석양이 얕게 깔리는 저물녘
저 하늘가 시어가 내게 손짓하네

영롱한 초록빛 시어들이
화려하게 펼쳐져
눈앞에 새겨진 글귀

서녘에 노을은 불타고
시어는 내게 손짓하며
흘러가는 저 구름은 시를 읊으라하네
아득하기만 한 시가 내게로 다가와
갈망하는 마음에
예쁜 시어 듬뿍 담아주네

민속촌

민속촌 안에 끝없이

가장자리로 흐르는 물줄기

파란하늘이 하얀 봄을 맞는 듯

아름다운 수많은 꽃들이 피어있네

연둣빛 바람에 한들대는 푸른 숲

다리건너 하늘거리며 나를 맞는 실버들

선조들의 아기자기한 물건들

실내에는 선인들의 여러 풍습이 그려져 있다

인파 속을 헤치며 사진도 담았다

계곡에 피어오른 물안개

하늘엔 조각조각 떠 있는 꽃구름

마음은 계곡 따라 흐르고

이 즐거운 감격을 누가 알랴

회원들과 둘러앉아 맛있는 점심도 먹었지

망년회

문우들이 모여
즐거운 회식이 끝난 뒤
노래방으로 향했지
즐거운 밤이었다
노래가 무르익고 흥겨운 시간이 흘러
선생님의 마지막 노래를 뒤로하고
조용히 나는 그 자리를 떴다

기분은 최상이었고
나락으로만 추락하던 삶에
활력소를 느끼며 행복감에 젖는다
이 즐거움 오래오래 간직하리

삶속에 생을 엮어가며
시와 그림을 그리며
나의 생을 하루하루 즐겁게 살아가리
〈

이름 석 자 꼭 세상에 남기고 싶다

그러나 세월은 나이테를 감고 돌아

이미 때는 늦었다

나에게 주어진 시간을

사랑하며 살아가리

백록담

창공을 가르며

제주도에 도착했지

관광지 여러 곳을 돌아보고

제주바다 철썩대던 물결

지금은 어느 바다 속을 출렁이며

파도를 일으켜 세울까

백록담을 오르기 위해

산 입구에 들어섰다

이십여 킬로란다

가도 가도 보이지 않는 백록담

우람하고 아름다운 남쪽 산하

낙엽이 떨어져 앙상한 나무들

늙은 몸 원망이나 하듯

노란 낙엽이 머리위에 사뿐히 내려앉네

화석과 바람은 자꾸만 나를 밀어내고

가까스로 백록담에 도착했지

큰 소리로

야아, 여기가 백록담이구나

백록담 푸른 정기 제주바다 철썩대고

하늘에 올라온 기분

이 정복감과 희열

달나라에 오르면 이런 기분일까

바람과 화석을 뚫고 우리 일행은

드디어 정복했노라고

큰 소리로 외쳤다

맑은 공기 푸른 하늘

저 멀리보이는 망망대해

세상을 다 얻은 기분이다

이 쾌감 무엇으로 표현할까

큰 소리로 다시 외쳐본다

잘 있거라 백록담아…

백마고지

철원 월정리역
백마고지가 한눈에 들어온다
고지를 보는 순간
치열했던 전쟁이 눈앞에 그려진다
우리의 고귀한 아들들
꽃 피우지 못한 청춘들 그 땅에 얼마나 묻었을까

공부하다 학도병으로
나라를 구한다는 일념으로 일어선 청춘
연필 대신 총칼 들고 괴뢰와 싸우다
적의 총 뿌리 앞에 귀중한 젊음들이
얼마나 쓰러졌을까

전쟁으로 동강난 산하
민족의 한이 서린 철조망 애달프구나
높푸른 하늘가 우리의 메아리 들릴까
넘을 수 없는 장벽의 늪에서

온 생을 북쪽만 바라보며 애태우는

이산의 아픔

언제쯤이면 통일이 될까

태양은 남과 북을 가리지 않고 내리꽂히고

산짐승도 자유로이 넘나들고

새들도 북으로 남으로 날아 오가는데

그곳이 환희와 통일의 광장이 된다면

이 나라의 한을 다 씻어 주듯이

한탄강은 금강산 철교 밑을 유유히 흐르고

물소리 청아한데 강산은 적막하다

희미한 저 낮달도 산허리에 걸쳐

북이 싫어 못 넘는가…

별

높고 푸른 하늘가

무수히 반짝이는 저 별들

싸늘한 가을 밤

유난히도 영롱하여라

이 밤은 꼭 별똥이 쏟아질 것 같구나

별들은 소근대며

내 가슴팍에 안기고

별빛에 젖어든 마음

별빛으로 말려 보련다

이 밤을 오래오래 빛내며

천년 아니 수억 년 밤하늘을 빛내겠지

2부

병신년은 서천으로

사계절은 지구를 감고 돌아
여명이 밝아오면 동녘에 둥근 태양이 우뚝 솟고
해와 달과 별을 싸고 잠겨
새해는 밝아오는데
겨울도 봄도 아닌 매서운 날이 연속이다

지난해는 후회되는 한해였다
정유년 올해는 후회 없이 살리라고
다짐해보지만 또 작심삼일일까
봄은 한발 다가오는데
칼바람은 심술을 부린다

새 생명들은 봄을 목마르게 기다리고
달빛어린 창가에 왠지 모를 그리움이 서리네
세월은 자꾸만 내달리고 시간은 토닥토닥 흘러
사계절이 또 훌쩍 뛰어 넘겠지
올해는 후회 없는 삶을 보내려고 다짐해본다

보길도

따가운 햇살을 헤치며 끝없이 달려
해변에 다달았지
보길도 해변은 모래성이 아니었다
까만 돌멩이가 눈앞에 펼쳐졌다
까만 성을 이룬 보길도
파도가 거품을 밀어 여지없이 할퀴고 간다

금가루를 뿌린 듯 빛나는 바닷물
해변엔 검은 보석이 가득하다
어떻게 저토록 까만 돌로 성을 이루었을까

보길도에 가면 까만 보석을 가슴에 품어본다
쪽물을 풀어 놓은 듯 파란 물 위에
세월을 낚으며 파도타기하는 갈매기 떼들
보길도는 언제까지나
내 가슴에 지워지지 않으리

봄바람이 감도는 강변

봄날 강둑에 서니
살살 부는 미풍 얼굴을 스칠 때
뜬 햇살 부시도록 일렁이고
호수에 싸여있는 호반의 도시 춘천
언덕백이서 내려다보는 풍경
한 폭의 수채화였네

강바람 가르며 어디로 가는지
끝없이 흘러가는 똑딱선
수면에 앉은 햇빛은 금물결 이루고
허공에 뜬 구름 어디론가 흐르네
호수에 조용히 내려앉은 눈썹
낮달도 구름 속으로 숨어버리네

흘러가는 강물에 마음을 띄우고
어느새 수면에 살포시 앉은 노을
서산마루를 곱게 물들인 저물녘

봄내음 짙은 계절

땅속 깊이 뿜어 오른 향기
꽃잎은 오밀조밀 피어오르고
봄바람이 가슴을 스칠 때
봄의 햇살 한 가닥 내 방안을 들여다보네

백목련 화사하게 피어나는 찰라
봄비에 흠뻑 젖어
하얀 꽃봉오리 눈물만 뚝뚝 떨어뜨리며
하늘을 원망하는 백목련

견디어 낸 결정체임을 알기에
찬사가 절로난다
태양은 아름다운 생명을 틔우고
꽃이 아름다움으로 승화돼
황홀한 이 봄날

내 마음에 다가오는 꽃의 향연

지향 없는 낙화가 이리 아쉬우랴

꽃잎이 한 잎 한 잎 날려

지나는 길목 위 하얗게 깔아놓았네

부모님 산소 길

부모님 산소 가는 길

산의 적막을 깨뜨리며

나뭇가지를 움켜쥐고 산에 올랐지

발 뿌리에 흩어지는 찬서리

이름 모를 산새들이

우리 남매들을 반겨주었지

땅속   뚫고 나와

봄 햇살을 받으며

향기를 내 뿜는 복수초

살얼음 속 헤치며 피었기에

유난히도 곱고 아름다워라

나는 오빠들을 불러 세웠지

꽃 좀 봐요

부모님 산소 앞에 모여 앉은 우리 남매

사람이 그 언젠가는 흙으로 돌아가는 게

세상 이치이건만

부모님 산소 앞이기에 가슴이 찡하네요

뻐꾸기

뻐꾹뻐꾹 동산의 적막을 깨운다
목쉰 소리로 애처롭게 우는 너
이른 아침부터
무엇이 그리 슬픈지
독한 그리움 쏟아내며
끝없는 슬픔에 젖어 우는지
내 가슴까지 젖어든다

산천이 울리도록 가슴 깊이 토해내는
그 한 아무도 모르리
잠자던 초목들도 모두 깨어나
마른 가지에 꽃이 피고 잎이 피는데
이 나무에서 저 나무로 옮겨 다니며
목이 터지도록 울부짖는 너
밝은 햇살 한 아름 안고
너의 한 모두 토해내고
이제는 그만 울었으면 좋으리…

사월의 반란

흙내음 긴 터널 뚫고
봄 햇살 안고 머리 내민
식물들의 반란

태양은 찬란한 생명을 틔우고
봄은 화사하게 꽃길을 펼쳤다
아름다운 향기를 따라 발길을 옮긴 나
나비와 벌은 꽃에 앉아
입맞춤하며 일용식을 끌어 올린다

저 낙화가 이리도 아쉬우랴
대지를 가려 뿜어내는 초록의 물결
철에 맞게 생동감 넘치는
짙은 내음 더욱 푸르다

사계절의 변동

창밖 그늘 열대야
35~6도 넘나드는 여름
뇌성이 번뜩이며 소낙비 내리꽂힐 때
산속 고요를 뒤흔들며
질풍처럼 쏟아지는 계곡물

여름 지난 가을
오색으로 물들어
영롱한 빛으로 온 세상이 덮여있네
싸늘한 바람은 가을을 털어내린다

앙상한 나목 두 팔 펴 하늘 올려다 볼 때
칼바람이 나뭇가지를 할퀴며
울부짖어 산의 적막을 깬다
상고대만 서려있는 산
허공엔 찬기만 흐르고
〈

남으로부터 봄을 재촉하는

땅속 생명들 꿈틀거린다

앙증맞은 개나리 생긋이 미소 짓고

봄의 전령사 꽃나무에 사뿐히 앉아

몽울몽울 꽃 피우는데

꽃샘추위 여전히 심술을 부린다

산기슭에 앉아

새순으로 둘러싸여 있는
산기슭 벤치에 앉아
봄의 햇살 아래 커피를 마셨지
문창반의 발전을 위해 이야기꽃을 피웠다
찻잔에선 커피향이 모락모락 피어오른 한낮
녹음에 싸여 향기를 뿜어내는 초록들

축축 늘어진 가지가 덮인 그늘에 앉아
먼 허공을 바라보니
산봉우리들이 수려하게 이어져있고

계곡에선 청아한 물소리 산새소리
산의 고요를 깨고
솔향기 짙게 퍼지는
햇빛 쏟아지는 그늘에 앉아 허공을 보니
흘러가는 저 구름
어디론가 끝없이 흐르고

초록에 젖어 내 마음도

파랗게 물들어가고 있다

산의 진풍경

횡성 둔내리에 있는
딸의 전원주택으로 피서길 나섰지
영동고속도로 타고 온 식구가
추적추적 내리는 빗속을 달렸지
산기슭 나무 가지에 매달린
거미줄에 은빛 물방들
내 시선을 사로잡는구나

축축 늘어진 나뭇가지들
빗물을 머금고 나풀대는 숲
가지가 바람을 잡아 그네를 띈다
산골짜기마다 몽글몽글 피어오른 운무
우뚝 솟아있는 산의 수려함
산허리를 감고 돌아 하늘거리며
허공으로 피어오르는 구름
빗속이 아니면 저 풍광을 볼 수 있을까

안개가 자욱이 덮여있는 고속도로

너도나도 경주나 하듯

쏜살같이 내달리는 차량의 물결들

산정호수

버스는 산과 들을 하나씩 흘리며 달린다

눈에 스치는 수많은 초록들

샛강에 물안개 피어오르고

허공에 꽃구름 유유히 흐르네

산기슭엔 아카시아 꽃

하얗게 흔들리고

벌 나비는 꽃술에 앉아

향기에 취해 그대로 멈추었나

차창 밖 흐르는 풍경

숲속에는 고요만 흐르고

산정호수엔 햇빛이 부서져 내리고

보랏빛 바람에 몸을 실어

붕 떠오르는 가벼움을 느꼈지

큰 호수 맑은 물

아기자기한 광장에 놀이시설

산정호수 이름 그대로이다

산책길 푸른 나무

따스한 봄날

푸르름으로 덮어있고

밝고 고운 햇빛에 반사돼

청록으로 화사하게 갈아입은 너

자연의 섭리에 순응하며

아름다움으로 살랑대는구나

봄이 되면 겨울은 계곡을 풀어 내린다

세월 속에 새겨놓은 그리움

너의 그림자 아래

지친 몸 쉼터를 내주었구나

너로 인해 내 여정을 뒤돌아보고

너에게 내 이야기를 끝없이 쏟아냈지

내 말을 다 들어주며 고개를 끄덕여주는 너

고요히 찾아든 이 시간

이야기하다보니

내 마음까지 파랗게 물들고 있구나

세월

나의 생
먹구름에 쌓여 앞도 뒤도 보이지 않고
소낙비 맞으며 헤맬 때도 있었고
무서운 늪에서 허우적이며
암흑에 싸여 갈 길을 몰라
제자리를 맴돌 때도 있었지

쓰라린 아픔을 딛고
가슴이 타 시리도록 도려내는
수많은 날들
어긋난 갈림길에서
타는 가슴 안고
스스로를 미워도 했었다

세월의 흐름에 뒤로 물러선 삶
뛰어넘은 시간들을 붙잡아준 건
오직 딸

딸이 있다는 것을 뒤늦게 알게 되었다

바닥을 치고 일어선 인생

내 삶에 어두웠던 지난날을

이젠 잊으리라

세미원

한강 하구 그 우람한 호수

많은 연꽃의 잔해가 가득 차있었다

꽃을 본다고 상상해보자

생각하면 정말 감동 그 자체다

파란 연잎과 분홍과 흰 꽃이

한데 어우러진 광경을 본다면

가슴이 설레지 않을까

물위에 떠있는 흰뺨오리

한가로이 생을 낚는 철새떼

그렇게 가까이 보는 것은 처음이다

눈과 마음까지 시원한 호수

그 길로 배다리를 향했지

정조께서 한강 하구에 설치한 다리

육이오동란 때 파손돼

지금은 배와 판자로 이어놓은 다리가

배다리란다

다리를 건너 식물원에 여러 꽃과
금강산 일만이천봉 모형이
제일 인상에 남았다
무엇보다 문우들과 같이 한 여행이기에
더욱 좋았었지

샛강 언덕길

어릴 적 거닐던 샛강 언덕길

오월의 둑 거닐 때

아카시아 꽃 하얗게 흔들리는

향기 그윽한 언덕길

코끝을 간질이던 못 잊을 그때의 향연

연둣빛 바람도 함께 했었지

아카시아 꽃 입에 물면

꽃물의 그 향음

잊을 수 없어라

이젠 너무 멀리 와버려서

돌아 갈수 없는 그 옛날 언덕길

그 샛강 소리 높여 울고 있을까

지금도 누군가가

그 언덕길을 걸으며

향수에 젖어있겠지

숭례문의 눈물

2008년 2월 10일 20시 경
불길에 싸인 숭례문
온 국민의 마음 하나 돼
분통을 터뜨리며 지켜보는
눈길조차 아랑곳없이

와르르 무너져버린 숭례문
가슴을 조이며 지켜보았건만
불길에 자취를 감춘 우리의 보물

가슴 아파하며 두 손을 불끈 쥐었지
소중한 국보 1호인 우리의 숭례문
제대로 지키지 못했던 죄인들이여
그 누가 왜 불길로 무너뜨렸을까

심연深淵에 잠긴 통일

한 세기를 바라보며
염원의 깃발 높이 올렸건만
바다 속 깊숙이 잠겨
대한의 외침 허공에 메아리로 남았다
목이 터지도록 부르짖는 이산의 아픔
엇갈린 과거를 딛고
바다 속 깊이 잠긴 통일이여

남과 북은 둘일 수 없다
일렁이는 물결 속에 슬픈 역사여
북방 한계선에 가라앉은 가물가물한 세월
한민족의 외침을 듣고 있는지

갇힌 통일이여
언제쯤이면 하늘 높이 솟구치려나
한 세기가 가까워지도록
바다 깊숙이 가라앉은 통일이여

아침 안개

산허리를 감싼 아침 안개

누추함을 씻어내듯

끝없이 피어오르고

찬바람에 옷깃을 여며본다

밝은 햇살 한 아름 안고 정상에 올랐지

무심이 흘러가는 시간

열어젖힌 햇살

나뭇가지 사이로 비집고 들어와 나를 감싸네

수줍은 눈썹달 가는 길이 너무 멀어

아직도 못가고 중천에 떠있나

나뭇가지가 바람을 잡아 그네를 뛰고 있네

이 세상 아주 먼 길을 돌아돌아 왔구나

이루지 못한 여백

늙음과 공전하며 종착역은 다가오는데

남은 세월의 끝은 어디쯤일까

쓸쓸한 아침 마음 한구석 엄습해온다

아침안개수목원

전철역을 몇 개씩
덜어 놓고 달린다
차창 밖을 내다보니 세상이
새삼 아름답게 보이고
우리 일행은 수목원에 도착했지

유월의 숲 축축 늘어진 가지
햇빛에 졸음이 가득한 꽃잎들
힘없이 늘어져 있고
요리저리 이어진 수목원의 샛길

길 따라 마음 따라 인파를 헤치며
풍경들을 사진에 담았지
벤치에 앉아 뒤돌아보니
세월이 빠르다는 걸 느끼며
오늘도 숲과 꽃에 싸여 즐거운 하루였다

겨울나무

겨울 산에 서 있는 나목들
칼바람이 울부짖는 이 혹한
허공을 휘감던 먹구름에 싸인 저물녘
서녘에 노을이 물들어
구름이 해님을 품어버렸네

산의 정취
쓸쓸한 겨울 찬바람에 몸을 움츠리고
긴 침묵에 저마다
어느덧 상고대만 서려있네
앙상한 팔 하늘 높이 쳐들고
한파에 오들오들 애처롭게 떨고 서 있네

저 하늘가 눈썹 낮달도
서산으로 가기가 힘겨워
나뭇가지에 그리움을 걸어놓고
잠시 쉬어 가는가봐…

어머니

붓글씨만 쓰시다
열일곱에 시집오셔서
꿈 많은 청춘 접고
맏동서 밑 시집살이 육 년
당신 목숨보다 중히 여기시던
아들딸 오남매 낳아 기르시며
온 생을 자식 위해 사신 어머니

하얀 속살 검붉은 빛 박힌 팔다리
당신 꿈은 오간데 없고
엇갈린 앙가슴 끌어안고 사시며
촘촘히 짜인 삶 부여잡고
울컥울컥 솟는 눈물
소리 없이 훔치셨지

꽃 같이 고운 얼굴
주름 가득하시어

곱고 청초한 몸매 삭정이되고

굽이굽이 얽혔던 생

그 누구도 돌아올 수 없는 길

노랑나비처럼 훨훨 날아

하늘 길 가신 어머니

옛동산의 진달래

옛동산의 진달래가 떠오른다
곱고 불그레한 빛으로 다가오는 진달래
아득한 세월 속에 잊힌 그리움
구름도 잠시 비켜선 빛 부신 동산에
시간은 쏜살같이 내달리고
어릴적 오르내리던 추억의 옛동산

해와 달과 별이 뜨고 지는 아름다운 옛동산
한 조각 빛 비집고 들어온
일몰을 맞는 산이여
겨울이 오면 모든 옷 훨훨 벗고
산은 속속들이 다 내보였지
그 초원도 예나 지금이나 그대로려나

햇살이 눈뜨는 아침이면
동산이 울리도록 목쉰 소리로
목이 터져라 애처롭게 울부짖는 뻐꾸기

이 나무에서 저 나무로 옮겨 다니며

고요 한 동산의 적막을 깨웠었지

옛동산의 진달래가 한걸음 다가선다

오늘의 여행

춘천을 달리는 버스

산과 들을 하나씩 하나씩 쓸고 간다

숙소로 들어가 쉬는 순간

이야기들을 쏟아내다

밖에 나가 계곡을 따라 걸으며

여러 꽃들을 사진에 담았지

눈을 들어 경관을 보니

하늘에 닿을 듯 우뚝우뚝 솟아 있는

산봉우리와 봉우리가 겹겹이 이어져

아름다움을 자아내네

끝없이 흐르는 저 물줄기

깊고 깊은 산 속에

귀여운 고라니 새끼가

계곡에 입을 박고 물을 마신다

저 물줄기도

강으로 바다로 흘러가겠지…

들에 핀 풀꽃

활짝 핀 풀꽃

수줍은 듯 꽃봉오리 접으려 하네

하늘 향해 웃고 있는 꽃이여

파란 숲에 핀 예쁜 꽃

향기 내뿜으며

순결을 불태우고 있구나

아름다운 보랏빛 향연으로

내 마음에 젖어든 너

이 세상 꽃물로 그득 채우리

화사한 햇살 선연한데

숲을 껴안은 고요가 향수로 젖어있네

둔내면 휴양림

잘 꾸며놓은 공원

한번쯤 가보고 싶은 곳

둔내리에서 시설이 아름답다는

청태산 휴양림

아름다움에 감탄사가 절로 난다

구름다리에서 출렁출렁 뛰기도 하며

아이마냥 즐거웠지

먹장구름이 소낙비 몰고 와

뇌성을 쏟아낸다

먹구름은 산을 감싸고

회오리바람이 불어

천지분간 모르게 좌우가 캄캄해진다

비라기보다 하늘에서 양동이로

물을 쏟아 붓는 것처럼 쏴악쏴악 내리 꽂아

딸이 차를 몰고 부랴부랴 전원주택으로 돌아왔지

〈

밤하늘의 별들이 진풍경을 이룬다
온 식구가 반딧불 보러 강가로 나갔었지
반딧불은 빗물에 씻겨 오간데 없고
밤하늘에선 별들이 옥구슬을 방불케 했지

집에 돌아오니 뒤뜰 잔디밭에 개똥벌레는
반짝반짝 빛을 내뿜는다
하늘에선 별들이 땅에선 반딧불이
서울에선 보지 못한 걸 다 보았다

등산길

산이 어서 오라 손짓하고
바람은 쉬어가라 웃음 짓고
난 저항 없이 끌려갔지
산기슭엔 연분홍 치마를 두른 진달래가
미풍을 따라 널뛰기하고

뭉게구름 가득 차 백조처럼 흰 하늘
숲에 햇빛 내려앉아 이야기할 때

새침때기 다람쥐가 요리저리 술래잡기하잔다
산새들의 노래로 가득 차 있는 산
나는 진달래의 친구도 있었고
다람쥐의 친구도 될 수 있었지
연두색 옷 걸친 나무와 지난날 이야기로
세월의 한 토막을 꿰매 보았다

3부

외로이 서 있는 나무

외로이 서 있는 건 너뿐이랴

태풍이 몰아와 여지없이 뒤흔들 때

달빛도 별빛도 슬픔에 젖어

그 누구에게도 내밀 수 없는 가슴

하늘을 바라보며 세상을 한탄하는 나무

주위에는 그 무엇도 없고

내 몸은 온통 세상이 사슬로 묶어버렸네

작은 나무 하나 옆에 두고 바라본 것이

이토록 한스러울쏘냐

세상에서 한때는 물도 주고

북돋워 자양분도 주었건만

도와줄 손길 하나 없는 세상

타는 목마름에 무엇으로

빈 가슴을 채우랴

야속한 찬바람만 우우우 뒤 흔든다

위안부의 비극

오늘 뉴스에 떴다
정말 오랜만에 들어보는 소리다
우리나라의 끈질긴 노력 끝에 일본에
어느 정도 사과를 받아냈다고 하다
아니 오랜만의 결과가 아니던가

위안부로 잡혀간 할머니들의 가슴
그 한이 어찌 다 풀릴 건가

한국의 여자로써 상상도 못할
그 치욕과 모멸감 울분
생애 씻을 수 없는 그 행위
그 분들께 그 무엇을 준다 한들
울분이 씻어지리오

한생을 짓 밟힌 그분들의 마음을
그 무엇으로 달랠 수 있으랴

그분들의 여생이나마

모든 악업 다 놓으시고 편히

살다 가신다면 좋겠습니다

달님

어두운 밤을 밝혀주는 달님

환한 미소로 세상을 굽어보는 정겨움

밝은 빛에 젖어든 나

달빛과 별빛이 교란되는 신비

하연 달 중천에 비추어 황홀한 빛에

손 모아 기도했지

험한 세상 정겨움으로 감싸며

사념에 사로잡혀있는 내게

밝은 빛에 젖어든 마음을 어루만져주며

은은한 빛으로 감싸준 달님이여

내 생이 다하도록 못 잊으리…

달의 그리움

머리 위로 일월의
둥근 달이 우뚝 솟아있다
밝음으로 나를 내려다보는
광활한 수평선 위로 각인된 빛이여
온 세상을 품은 당신

천하를 다 품고도 무엇을 못 다 주었는지
자기의 분신을 조금씩 내주는구료
파란 하늘이 여유로운 가을밤에
창가에 앉아 왠지 모를 그리움
구름으로 집을 지어
달님 이 밤을 잠시 쉬려나보다

남산 라일락

맑은 공기 예쁜 꽃들
남산에 오르니 온통 초록 잎과 꽃
향기에 취해 하염없이
도심을 내려다보았지

서녘 노을 빨갛게 물들고
연둣빛 바람이 남산 언덕배기를 감고 도네
허공엔 꽃구름 흐르고
보라 빛 꽃향기가 코끝을 간지럽히고
남산타워 오르니
저 멀리 밤거리 차량의 불빛 물결
내 마음을 사로잡네

서울의 거리가 저토록 아름다울까
멀리서 바라보는 이 풍경
라일락의 향기에 취해 불빛에 취해
하염없이 시가를 내려다보았지

남쪽에 가다

열차는 시간을 끌고 남으로 남으로
차창 밖 들녘 추수를 끝낸 허허벌판
스산한 바람은 몰아치고
외로이 서 있는 저 허수아비
옷깃을 펄럭이며 칼바람과 싸우고 있구나

샛강 재두루미 물안개 헤치며
우아한 자태로 먹이를 찾고
물총새는 먹이를 문 채
물을 박차고 날개를 활짝 펴고
전깃줄에 사뿐히 올라앉는다

어느새 열차는 해를 밀어
서쪽으로 서쪽으로 달려간다
하루해 서산마루를 곱게 물들일 때
어둠은 대지를 박음질하며 삼키고
열차는 시간을 재촉하며 질풍처럼 달린다

정동진

바다가 태양을 잉태하는 걸 보려고
단숨에 정동진을 찾았건만
햇빛은 오간데 없고
먹구름이 드넓은 바다를 삼켜버렸다

태양아 너를 보려고
천릿길을 달려왔건만
너는 얼굴도 보여주지 않는 구나

바다의 갈매기만
내 머리 위를 맴돌 뿐
그 무엇도 보이지 않는 정동진
파도는 철썩대며
백사장에 그림만 한 겹 한 겹 그릴뿐

돌아서지 못한 나
저 멀리 가물거리는 고기잡이배

가없이 출렁이고

시계는 열차 시간을 가리키며

찰칵찰칵 돌아가고

아쉬움 남긴 채

돌아서는 발길 천근이나 되었다

국화꽃

노란 국화꽃 송이송이 피어
만면에 웃음을 활짝 띠우고
즐거움으로 살랑대는 얼굴
간밤에
가을비 스멀스멀 젖어들어
눈물만 뚝뚝 떨어뜨리는
국화꽃

땅에는 노란 빨강 낙엽들이 뒹굴고
길 가는 나그네 마음을 적시는
싸늘한 가을비에 옷깃을 여미는데
움츠리고 어디를 가는지
빠른 걸음 재촉하고 있을까

차창 밖 풍경

도로에 가로수
형형색색 빨갛게
예쁜 색동저고리 갈아 입었네
바람에 날려
제 몸 풀어 길바닥을 덮는 낙엽들
한 여름 초록으로 살다가
다채롭게 물든 이파리들

싸늘한 가을바람에 한 잎 두 잎
공중에 날리며 쓸쓸히 낙화하네
가지에 맺은 정 잘라내고
떨어지는 빨강 잎새

여름이면 지나는 길손에게
그늘을 주던 가로수
늦가을 예쁜 꽃잎으로
허공에 가없이 흩어지고 있네

후회된 삶

오늘은 구정이다
그토록 긴 나날을 무엇하고 살았는지
후회되는 아침이다
바람소리 휘몰아치는 이 시간도
태양은 중천에 머물고

오늘도 시간은 토닥토닥 흘러
지나간 세월 속에 모아놓은 그리움
왜 그리 살았는지 후회되는 지금
아쉬움만 쌓이고 또 쌓이네

제자리에 서 있어도
시간은 화살처럼 내달리고
어느새 종착역은 다달았네
커피 잔을 앞에 놓고
한동안 말없이 바라보았네

무거운 침묵이 흐르고

찻잔에 모락모락 피어오른 향기

흘러간 세월을 그리며

생을 읽고 있네

천리포

서해대교 아래 바닷물

솟구치다 흩어지는 파도

한가로이 떠 생을 낚는 갈매기 떼들

햇빛이 쏟아지는 한낮

목적지를 향해 차는 달린다

산자락에 아카시야 꽃 너울대며

새싹들 간지럽히는 미풍

나무 가지는 바람을 잡고 널뛰고 있네

천리포에 발걸음 멈추고 우뚝 섰지

오색 꽃들 너울대는 천리포의 수목원

호수를 둘러싸고 있는 수많은 꽃과 초록들

여기저기 꽃방석 펼 쳐 놓고

졸음기 가득한 꽃가지

호수에 손 담그고 찰싹대네

〈

수목원 언덕 아래 멀리 보이는 망망대해

생을 낚는 고기잡이 배

천리포 바다 금가루를 뿌린 듯

햇빛에 반사돼 반짝반짝 빛나고

끝없이 펼쳐진 모래사장을 한가로이 거니는

멀리보이는 사람들 한 폭의 그림이네

청송

낙엽에 쌓여있는 청송
아름다움을 자아내네
하늘을 떠받고 있는 그 의연함
낙엽에 쌓인 채 우뚝 솟아
우아한 자태로 초록을 빛내는 너

그윽한 솔향기 풍기며
수백 년을 약속이나 하듯
햇살 한 아름 않고 꼿꼿이 서 있는
그 눈부심
너로 인해
내 마음까지 초록에 젖어든다

초원으로 달리거라

햇살 눈부신 봄이 오면
모든 생명들 새로운 희망으로 꿈틀거리고
광활한 초원도 펼쳐지겠지

우리 모두에게 희망으로 펼쳐지는 날
젊은 인재들 아르바이트로
내몰려 맴돌지라도
푸른 청춘을 즐기며 희망을 꿈꾸어라
언젠가는 청춘 활짝 펼쳐질 날 오겠지

실의에 빠져 있는 우리의 아들딸들아
연습 없는 한번뿐인 인생
가슴을 활짝 펴고 밝고 맑은 세상으로
고통의 강 뛰어 넘어
너도나도 손잡고 마음껏
희망의 세계로 달려 보거라

최용신기념관

상록수의 최용신은
아이들의 우상이었고
미래의 꿈이었고
농촌의 협동조합이었다 한다
일제강점기 때 어린 처녀의 몸으로
조선의 한 알 밀알이었고
미래의 꿈이었다 한다

최용신으로 인해
모범 부락으로 선정돼
고을 이름을 상록수라 하였단다
나는 여름이면 더위를 피해
최용신기념관 그늘을 찾는다

벤치에 앉아 생각에 잠긴다
시원한 그늘과 맑은 공기
벚나무 매미가 목청껏 울면

느티나무 매미는 뒤처질세라

더 큰 울음으로 귀청이 찢는다

초록에 싸여 눈을 사르르 감고

생각에 사로잡혀본다

나는 왜 무미하게 젊음을 보냈을까

한낮 이름 없는 민초로 살아온 나

후회스런 젊은 날

예나 지금이나 다를 바 없이

지금도 이렇게 세월을 보내고 있는데…

축령산 계곡

축령산

계곡을 따라 줄줄이 이어진 팬션

키 큰 잣나무 산천을 덮어

산이 깊고 산세가 아름다웠지

아침 기도에 산 따라 도로 따라 오를 때

미풍에 나뭇잎 수런거리고

산의 적막을 깨며 기도소리 울려 퍼진다

산속 벤치에 누어 하늘을 바라보니

아침 햇살이 나무 틈새를 비집고 내리꽂힌다

청잣빛 하늘아래 웅장한 자태로 우뚝 솟아 있는

원불교의 오독기도원

한 폭의 수채화를 방불케 했었지

계곡에선 아침 안개가 피어오르고

청아한 물소리 산새소리

적막한 산의 고요를 깨운다

여름 계곡은 산이 주는 선물이라 했던가

아름다운 이곳은 내 생이 다하도록

언제까지나 마음속에서 빛나리라

하늘공원에서

높고 높아 하늘공원이라 했나
사람의 물결 인산인해를 이루고
오색 낙엽 사이 구절초가 너울대며 향기를 내뿜고
가을을 활짝 펼쳤네

코스모스로 곱게 둘러 싸여있는 하늘공원
억새꽃은 은빛 물결로 하늘거리고
잎과 잎이 햇빛과 애무하며
사각사각 속삭이는 소리 귓전에 들린다

청잣빛 하늘에 흰구름 가득
은빛 갈대꽃에 햇살이 살포시 내리꽂히고
보랏빛 바람이 억새꽃을 어루만지며
찰랑대는 파도처럼 일렁인다
샛길 거니는 선남선녀들의 속삭임
모두가 행복에 젖어있네

그늘

칠월의 열기를 피해
소유산 계곡에 갔었다
그늘에 앉아 삶을 뒤돌아보니
아주 멀고 먼 길을
돌고 돌아온 것 같구나
누구를 위해 뛰었나
해놓은 것은 아무것도 없다

부모님에게는 불효한 자식이요
딸에게는 엄한 어미로 남은 기억 뿐
어두웠던 지난 세월
행복했던 기억들은 떠오르지 않네

이제 내 자신을 돌아보며
어두웠던 생각을 지우고
밝은 마음으로 살리라고
청송이 늘어진 그늘 밑에 앉아
다짐하고 또 다짐하였다

현대미술관

미술관 앞마당

싱싱했던 초록들이

예쁜 색동옷 갈아입었다

정상에서 기슭에 이르기까지

산은 온통 불타고 있다

미술관 마당에 오색 양탄자 깔아놓고

나무들은 겨울을 재촉하며

가을을 털어 내린다

다리 밑 작은 호수

떠나는 가을을 아쉬워하며

물속에서 노니는 잉어떼

먹이를 던져주니 서로 아귀다툼하며

모였다 흩어지곤 한다

바람에 날리는 낙엽이 발길에 밟혀

바스락바스락 부서지는 소리 가슴 아프다

〈

나도 언젠가는 저 낙엽과 다를 바 없으리

우주만물이 세월 흐름에

저렇듯 사라져가듯

모든 생명들 저렇게 살아지겠지

미술관 전시실로 들어가

그림과 여러 조각들을 음미하며

마음에 가득 담아왔다

강화도

달리고 달려 선창가에 도착했지

뱃전에 오르니 내 시선에

저 우중충한 바닷물

선류도가 눈앞에 다가온다

물결에 몸을 띄워

세월을 낚는 저 갈매기

파도타기하며

출렁이는 물결 따라 춤추는구나

하늘로 솟구치다 쏟아져 내리꽂히는 파도

햇빛에 반사되어 쓸리는 금빛 물결

목적지에 도착했지

관광객들 맞는 식당들 어서 오라네

선류도의 해풍은 애환을 싣고

출렁이며 짓궂은 몸짓으로

반항하는 바닷물

〈

저 멀리서 밀려오는 파도가

선창가를 세차게 내리치며

물보라가 하늘 높이 솟구치다 사라진다

망망대해와 싸우며 고기를 낚는 배를 바라보며

나 왜 여기에 섰지?

강화도의 바다와 이야기 나누고 있다

환청으로 다가 온 너

칠월의 밤 열대야
유난히도 무더운 밤
잠 못 이루는 새벽 세시
엎치락뒤치락하다
자리를 박차고 일어나
한동안 멍하니 천장만 바라보았다

하늘에 있는 내 아들과 또 이야기했지
환청으로 다가와 차디찬 낯빛으로
어미 가슴 속 깊이 파고드는구나
너를 조금씩 보내야 하지만
너를 놓지 못하고 가슴을 쥐어짜며
이 밤도 속으로 속으로 우는 어미
어쩌면 좋으냐

고요 속에 잠 못 이루는 자신이 죄인인 것을
마디마디 박힌 모정 풀길 없으니

가슴 터지도록 소리쳐

네 이름 불러 보고픈 마음

이 가슴 조금이나마 트일까

그 누가 불타는 이 가슴 잠재우리

겨울의 하늘

겨울 하늘이 흩뿌린 하얀 꽃송이

송이송이 내리는 한겨울

고운 옷 훨훨 벗어 날리고

알몸되어 오들오들 떨고 있다

골짜기마다 수북이 쌓여있는 낙엽들

찬바람에 이리저리 나뒹굴고

매서운 바람이 나목을 핥으며

한 올 삭풍에 앙금눌려 적막감만 감돌고

청송들은 하얀 목화송이

주렁주렁 머리에 이고

깊은 겨울 껴않은 고요가

꽃송이처럼 소복소복 쌓인다

앙상한 나무들 흰 이불 갈아 덮는 소리

허공에 뜬 눈썹달 애절한 마음으로 굽어보고

겨울산 고요 속에

그 누가 하얀 순백의 등 밝혀드는가

강변에서

봄바람이 감도는 강변
열어 제친 햇살은 내리 꽂히고
물결을 풀어헤치는 유람선
유유히 노니는 저 뱃전에서
선남선녀들의 노랫가락 귓전을 울린다

끝없이 흘러가는 고물을 바라보며
지난날 그리움
뜨거운 햇살 눈부시도록 일렁이고
봄볕은 나를 감싸버린다

어느새 볕이 수그러든 저물녘
노을은 수면에 살포시 앉아
서녘 소양강을 곱게 물들이고
고요히 흐르는 물위에 비치는 저 눈썹달도
내 마음과 같이 강물에 떠 있고
어둠은 강물을 감싼다

아름다운 과천

가을이면 오색으로 물든 거리
한 폭의 수채화를 방불케 하네
가로수 꽃물로 곱게 물들고
청사길 따라 관악산에 이르기까지
은행나무가 열 지어 서 있고

노랑 은행잎이 바람에 휘날려
제 몸 풀어 길바닥에
노랑 양탄자를 깔아 놓은 듯
그 위를 거닐 때면
꿈속을 헤매는 것 같았지

대공원은 사시사철
사람들의 물결로 인산인해 이루고
말발굽 소리 경마골에 울려 퍼지며
승부의 아우성 속에 말들이 뛰고 있다
옛 선인들의 자취가 여기저기 깃들어

하늘아래 우뚝 솟아 있는 추사박물관

관악산 드높은
삼막사와 연주대를 머리에 이고
청계산을 병풍처럼 두르고 있네
옥녀봉에 오르면 한눈에 보이는
아름다운 도시 과천…

금강산

저 다리는 일제 강점기에
광물을 실어 나르기 위해 놓은 다리
다리 밑 한탄강은 조잘대며
금강산 철교 밑을 지난다
산자락을 휘감고 소근대며
북으로 흘러가는 너

청산을 스치는 가을 찬바람에
달빛은 미소로 저 푸른 백마고지를
곱고 예쁜 색동옷 갈아입혔네

철새들은 혼신의 힘을 다해 날아와
철원의 들판에 앉아
여유롭게 먹이를 찾고
날개를 활짝 펴 재롱까지 피운다
저곳이 민족의 환희와 통일의
광장이 될 수 있다면

〈

태양은 붉은 노을로 물들이고

서로 바라보며 애만 태우는

저 하늘가

이산의 가슴만 붉게 태우며

한탄강은 그렇게 북으로 흘러만 가네

산수유꽃 1

겨울 칼바람과 싸우며 쓸쓸하게
서 있던 너는 순간순간 변화하는구나
어느새 활짝 웃음 짓고
봄 햇살 한 아름 안으며
봄을 품는구나

가지마다 미소 짓는
노란 꽃봉오리들
눈부신 봄 햇살 받으며
살며시 미소 짓는 너
여명 속에 피어 올곧은 향기로
해맑은 꽃봉오리 터뜨리는구나

긴 겨울 이겨낸 결정체이기에
찬사가 절로난다
한순간에 꽃봉오리 활짝 터뜨리며
노란 꽃등 밝히려드는구나

산수유꽃 2

노란 등 켜들고
활짝 웃고 있는 너
은은한 향연으로
봄이면 그 자리에 우뚝 서서
내 마음 설레게 하는구나

연둣빛 바람에 꽃향기 풍기며
활짝 웃음 짓는 꽃이여
변함없이 영양분 퍼올려
무성한 녹음과 열매까지 맺고

가을바람 불어오면
해와 달이 빚어놓은 세월의 흐름 속에
알알이 영근 아름다운 열매
가을 정취에 흠뻑 젖어든 가지마다
주렁주렁 새빨간 열매는 주워 바른 듯
빨간 꽃을 연상케 하는구나

봄나들이

복지관에서 봄나들이로
여주 신륵사를 갔었지
달리는 차창 밖 풍경
산과 들, 도로에 만개한 수많은 꽃들

바람에 꽃잎이 낙화되어
아쉬운 마음으로 꽃가지를 바라보다가
봄을 피부로 느끼며 여주에 도착했지

비운에 운명을 달리한
명성왕후 전시관과 생가를 거쳐
신륵사로 향했지

긴 남한강 둑을 걸으며
흐르는 강물 위에
여울진 마음 띄우고
회원들과 맛있는 점심을 나눴지

〈

세종대왕의 영릉으로 발길을 옮겼지
크고 위엄 있는 능 양옆에 공손히 서 있는
부석을 보며 머리가 절로 숙여졌지
노인들의 천국인 과천복지관에 감사하는
즐거운 하루였지

노란 꽃등

ⓒ2017 이봉남

초판인쇄 _ 2017년 6월 27일

초판발행 _ 2017년 7월 4일

지은이 _ 이봉남

발행인 _ 홍순창

발행처 _ 토담미디어

서울 종로구 돈화문로 94(외룡동) 동원빌딩 302호

전화 02-2271-3335

팩스 0505-365-7845

출판등록 제2-3835호(2003년 8월 23일)

홈페이지 www.todammedia.com

편집미술 _ 김연숙

ISBN 979-11-86129-76-0